NORA la REVOLTOSA

CON ILUSTRACIONES TOTALMENTE NUEVAS

► ROSEMARY WELLS ◄

Traducción de Osvaldo Blanco

DIAL BOOKS FOR YOUNG READERS

PENGUIN EDICIONES | NUEVA YORK

Publicado por Dial Books for Young Readers/Penguin Ediciones

Divisiones de Penguin Books USA Inc.

375 Hudson Street

Nueva York, Nueva York 10014

Derechos del texto © Rosemary Wells, 1973

Derechos de las ilustraciones totalmente dibujadas de nuevo

© Rosemary Wells, 1997

Derechos de la traducción © Dial Books for Young Readers,

una división de Penguin Books USA Inc., 1997

Reservados todos los derechos

Diseño de Julie Rauer

Impreso en E.U.A.

Primera edición en español

1 3 5 7 9 10 8 6 4 2

Library of Congress Cataloging in Publication Data

Wells, Rosemary. [Noisy Nora. Spanish]

Nora la revoltosa/ Con ilustraciones totalmente nuevas/ Rosemary Wells;

traducción de Osvaldo Blanco. p. cm.

Summary: Feeling neglected, Nora makes more and

more noise to attract her parents' attention.

ISBN 0-8037-2065-3

[1. Behavior—Fiction. 2. Family life—Fiction. 3. Stories in rhyme. 4. Spanish

language materials.] I. Blanco, Osvaldo. II. Title.

[PZ74.3.W45 1997] [E]—dc20 96-5348 CIP AC

Las ilustraciones se prepararon a base de

dibujos totalmente nuevos

a lápiz y tinta, con acuarela, guache, tinta

acrílica, tinta de colores y pastels.

Edición en inglés disponible en

Dial Books for Young Readers

A Joan Read

Tomás cenó temprano,

Papá jugó con Rosa,

Tomás tenía que eructar,
Así que Nora tuvo que esperar.

Primero cerró de golpe la ventana,

Luego cerró la puerta dando un portazo,

Después tiró en el piso de la cocina
Las canicas de su hermana.

—¡Basta de ruido! —dijo su papá.
—¡Silencio! —dijo su mamá.

—¡Nora! —dijo su hermana—,
¿Por qué eres tan revoltosa?

Tomás se había ensuciado,

Mamá cocinó con Rosa,

A Tomás lo tenían que secar,
Así que Nora tuvo que esperar.

Primero hizo caer la lámpara,
Luego volteó sillas de mala manera,

Después tomó la cometa de su hermano

Y la hizo volar por la escalera.

—¡Basta de ruido! —dijo su papá.
—¡Silencio! —dijo su mamá.

—¡Nora! —dijo su hermana—,
¿Por qué eres tan revoltosa?

A Tomás le dio sueño,

Papá se puso a leerle a Rosa,

A Tomás le tenían que cantar,
Así que Nora tuvo que esperar.

—¡Me voy! —gritó Nora—,
¡Y no volveré jamás!

Y la casa quedó en silencio,
Salvo un tra-la-lá de Tomás.

Papá dejó de leer,
Mamá dejó de cantar.

—¡Cielos! —dijo su hermana—,
Algo malo pasa en nuestro hogar.

Nora no estaba en el sótano.
Nora no estaba en la bañera.

Tampoco estaba en el buzón
Ni escondida en las plantas allá afuera.

—¡Nora nos dejó! —gimió su mamá
Mientras buscaban en los desperdicios.

—¡Aquí me tienen de vuelta! —gritó Nora

Con un descomunal bullicio.